PIERRE DURE

(ERNEST ROCH)

L'ANNÉE DU FOL RIMEUR

UN DOUZAIN DE SONNETS

Avec une Préface d'Armand Silvestre

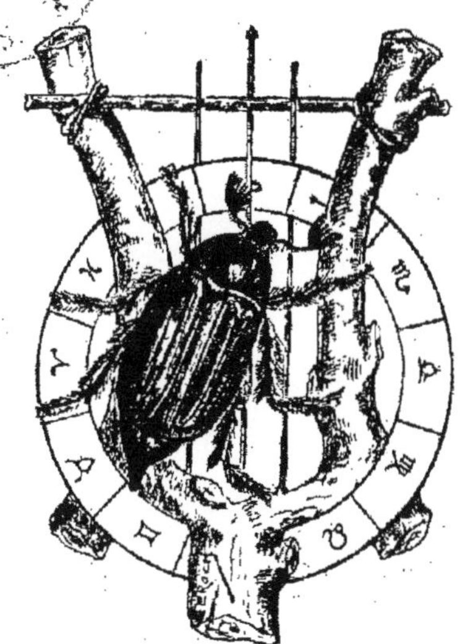

SOISSONS

IMPRIMERIE DU JOURNAL « LE SOISSONNAIS »

Prix : un franc, chez l'Auteur, à Villers-Cotterêts

M DCCC XCVI

L'ANNÉE DU FOL RIMEUR

PIERRE DURE

(ERNEST ROCH)

L'ANNÉE DU FOL RIMEUR

UN DOUZAIN DE SONNETS

Avec une Préface d'Armand Silvestre

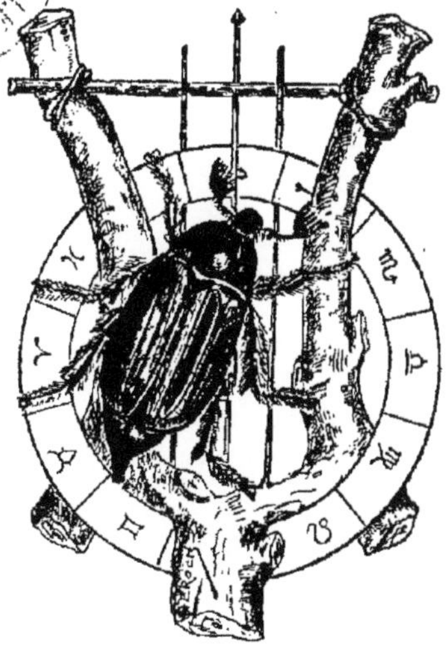

SOISSONS

IMPRIMERIE DU JOURNAL « LE SOISSONNAIS »

4, RUE GAMBETTA, 4

M DCCC XCVI

DU MÊME AUTEUR

VERS

Les Anémones sauvages...... *Epuisé*

A

MES CHERS BÉBÉS

PRÉSENTS

NÉNEST ET NESTINE

ET

A CEUX A VENIR

AINSI QU'A

LEUR BONNE MÈRE

JE DÉDIE

CETTE MODESTE PLAQUETTE

NOVEMBRE 1896.

PRÉFACE

L'Auteur de ces jolis Sonnets n'eût-il eu d'autre titre à ma sympathie que son culte de Banville, notre maître commun, que j'aurais été heureux de lui en donner le témoignage en ces quelques lignes qu'il m'a fait l'honneur de me demander.

Au moment où tant de jeunes Ecrivains affectent le mépris des règles que nos meilleurs Poëtes ont subies, pour le plus grand honneur de nos Lettres françaises, ceux-là valent qu'on les défende et qu'on les loue dont la filiale piété s'affirme dans le respect d'une tradition qui nous vaut des chefs-d'œuvre incontestés.

Il m'est doux de voir un Artiste certainement bien doué, accepter, en dépit de l'exemple commun, des lois dont Victor Hugo, Leconte de Lisle & Théodore de Banville se sont contentés.

Théophile Gautier, qui n'entendait pas qu'on transposât, en particulier, les conditions fondamentales du sonnet, absolument étroites & restrictives, eût aimé ceux-ci dont les belles rimes sonores alternent ou se suivent, selon la norme absolue.

Je me fais gloire encore de penser comme lui.

Mais ce recueil volontairement petit par le choix même du sujet de ses douze Chants ne comporte guère une dissertation qui retarderait le plaisir du Lecteur. Je ne veux que lui souhaiter la bienvenue, & me reprocherais d'amoindrir, d'un semblant de préface, le seuil de ce monument aux architectures frêles & à la matière précieuse.

Je ne puis cependant résister au plaisir de dire quelle jolie impression de nature j'en ai emporté. Quel parfum agreste j'ai respiré en tournant lentement ces pages si vraiment imprégnées de l'amour & de la contemplation des choses.

Pierre Dupont, qui reste un grand Poëte tout en n'étant pas un Poëte suffisamment châtié, est admirable par sa vision exacte des paysages & de ses hôtes.

Dans le même ordre d'idées, André Theuriet & André Lemoyne ont bien parlé de la nature. Dans ce petit livre, je retrouve un peu de ce qu'ils ont donné, avec un sentiment très personnel en plus, un sentiment de moquerie attendrie, plutôt dans les mots que dans la pensée.

L'Auteur est un buissonnier, « un enfant de la broussaille », un coureur des bois, cela ressort de ses vers avec autant d'éclat que de justesse. Volontiers, je comparerais leur musique aux bruits champêtres qu'on écoute en rêvant ; bruissement des arbres & des scarabées, susurrement des oiseaux dans les frondaisons, chansons lointaines, murmure des sources soulevant leur couvercle doré de sable fin, bruit du vent mourant dans la tiédeur des feuilles. A toutes ces rumeurs charmantes, le Poëte a comme volé une note précise qu'il a fixée dans sa mémoire & fait revivre dans son discours.

Ils sont rares ceux qui entendent ainsi & parlent, à leur tour, le langage mystérieux des forêts, des rameaux & des bêtes amoureuses.

Chacun des mois qui donnent leurs noms à ces petits Poëmes est le sujet d'un tableau infiniment délicat de touches, très juste & très vibrant. Leur manière rappelle plutôt celle des Paysagistes qui, comme Français, s'attendrissent au moindre brin d'herbe & poursuivent, jusqu'au sein transparent des sources, la douceur fuyante de leurs idylles, que celle des maîtres qui, comme Corot, se contentent volontiers de l'enveloppe des choses, sans en percer le mystère, & laissent deviner aux yeux ce qu'a rêvé leur pinceau.

Chaque ligne est précise dans ces vues fraîches du bois aimé & des solitudes où le Poëte a certainement pris, comme notre vieux Mathurin Regnier, les meilleurs de ses vers à la pipée, ainsi que font les oiseleurs au printemps. Mais, comme eux, il n'a pas emprisonné sa proie ; ses belles rimes ont gardé leur envolée et leur chanson joyeuse et leurs ébrouements musicaux au soleil. A ces captives, il n'a pas méchamment raccourci les ailes. Sont-ce des oiseaux ou des papillons ? Des papillons plutôt par le pollen éclatant et velouté qu'elles ont gardé, et aussi par les couleurs brillantes de gemmes qui font leur éblouissement.

Oui, tous les mois sont ici portraiturés par un peintre poëte : les plus joyeux, ceux qui nous apportent l'espérance, sous leur vert manteau fleuri, et ceux qui — bien tristes ceux-là ! — ne nous laissent dans l'envolée de leurs frondaisons rouillées qu'un délicieux parfum de souvenir.

Au moment où j'écris ces lignes, les feuilles mortes courent sous ma croisée et je m'imagine que cette page aura leur rapide destin. Elle durera peut-être cependant davantage pour être attachée à un livre de vers ; car, dans le rythme est certainement un secret d'immortalité, et les choses chantées se survivent plus longtemps dans la mémoire.

C'est l'orgueil du Poëte de penser que quelque vers de lui, — ne fût-ce qu'un seul, — peut demeurer attaché à son nom ;

Et c'est la joie que je souhaite à celui qui m'a demandé de présenter au public « un petit livre » qui, de lui-même, se recommandait si bien.

ARMAND SILVESTRE.

9 Octobre 1896.

SONNETS

JANVIER

Aux épais taillis, comme aux buissonnets,
Sous le lichen où du givre pendille,
L'écorce gélive aux troncs se fendille.
Tel un craquelé d'émail japonais.

(Je suis seul aux bois, — chercheur de sonnets
Blême et les doigts gourds, et le froid mordille
Et mon nez avec la goutte en cédille,
A l'air d'une sorbe issant d'un panais.)

Qu'importe !... la neige, essaim clair des nues,
Vient, pour moi, parer les campagnes nues
D'un péplum de gemme au brillant semis ;

Et le Bois se montre, en ses découpures,
A moi, comme un clan d'ours bruns endormis
Sous un blanc fouillis de lourdes guipures.

FÉVRIER

Galant, il écarte un peu les rideaux
Du lit de brouillard où, calme, sommeille
Ma Forêt si chère et, bas à l'oreille,
Lui dit : de l'hiver, ôte ces bandeaux

Et vois, ô Forêt ! les rayons, cadeaux,
Que mon clair soleil jette en ta corbeille,
Et prends ce baiser. Lors, elle s'éveille
En de longs regards naïfs et badauds.

Mais gare aux retours de ce mois fantasque
Où vont, tour à tour, zéphir et bourrasque
Emmi la clairière et le Bois profond.

Gare à vous surtout sylvains, sous vos arbres,
Car de Février les caresses ont
La frigidité du baiser des marbres.

MARS

Dès l'accès calmé d'une giboulée,
Sur le derme, à peine humecté, du sol,
On voit le soleil jeter, comme un fol,
De sa poudre d'or à toute volée !

Ce n'est point encor l'ardente coulée
Qui fera s'ouvrir le blanc parasol,
Mais c'est déjà comme, au fond de l'air mol,
Un peu de l'Été qu'on mord à goulée.

Or donc ! à vos chants ! linots et verdiers !
Et lissez vos fracs, ô geais minaudiers !
Merle au sifflet pur, pie à langue d'Eve...

Car voici debout, ouvrant les battants,
De l'huis des saisons, tout fier de sa sève :
Mars introducteur du joyeux Printemps.

AVRIL

Anémone aux bois, lilas aux jardins,
Bouton d'or aux prés, tapis d'herbe drue,
Pâquerette blanche, au tertre, apparue,
Violette chère à nos citadins.

Le long des sentiers : bruissements soudains,
Froufrous dans la mousse où, d'amour férue,
La gent scarabée, en foule accourue,
Se soumet aux lois des rites badins.

C'est Avril ! allez ! sœurs des colombelles !
Allez tendrement, fillettes, mes belles !
Apprendre, du cœur, les duos bénis...

Narguez les soucis que l'hiver amasse,
Aux rameaux feuillus il pousse des nids,
Et le monde ailé se marie en masse.

MAI

Soupirs, petits cris, propos, gazouillis,
Sanglots étouffés d'amants en détresse,
Appels à Vénus, de quelque prêtresse,
En les Temples verts au fond des taillis.

Miracle !... des cœurs, blasés ou vieillis,
Se sont retrempés près d'une maîtresse,
Et la liaison a repris sa tresse
Au parfum troublant des muguets cueillis.

C'est qu'on est en Mai ! le mois où, très large,
Et sans plus compter, prodigue, on émarge
Au budget qu'Amour ouvre à tout chacun,

C'est qu'on est au mois où fillette évoque
Un Prince Charmant qui, souvent comme un
Gros loup, se présente et, du coup, la croque !

JUIN

Triomphe éclatant des vertes prairies !
... Du sol, imprégné de l'exhalaison
Des sainfoins tombés sous la fauchaison,
Montent des vapeurs et des griseries.

Au Bois, se sentant plein d'espiègleries,
L'oiselet-culot quitte sa maison
De mousse et gramen, et, vers l'horizon,
S'envole ivre d'air et de piailleries.

Et, parmi les tas de trèfle incarnat,
L'amoureux grappille aux lèvres grenat
Des baisers plus frais que le fruit d'airelle...

Ce pendant qu'en un steeple-chase, honneur
De ses bons jarrets, dame sauterelle,
Avec le grillon, se rit du faneur !

JUILLET

Un déluge d'or. De l'or à l'aurore,
A midi de l'or et de l'or au soir,
De l'or éclatant sous le brunissoir
Éternel !... de l'or et de l'or encore !...

Et de la chaleur à tuer un more !
Et le taon tenace au cruel suçoir !
Et soudain l'orage au Bois, déversoir,
Et la canicule en sus et pour clore.

Aride et torride, ainsi vient Juillet,
Qu'on redouterait si l'on ne voyait,
Par ce temps de plomb, climat des Golcondes,

Et sous le Soleil aux traits flamboyants,
Le sein, se gonfler, des plaines fécondes,
Et le geste blond des blés ondoyants.

AOUT

Cérès est régnante !... hors d'ici les veûles!
Un dernier baiser au grès des goulots!
Et, la faux en mains, nerveux camberlots!
Laissons après nous un tapis d'éteules!

Point de fainéants! que les gerbes seules
Dorment sur le sol, mais vous, gars falots,
Taillez en dépit des rayons-brûlots!
Et vous, calverniers, élevez vos meules!...

C'est fait!... Maintenant, parmi les sillons,
Secs et fendillés, sautent des grillons,
Trottent des mulots, glissent des couleuvres...

La glane a passé, c'est l'enterrement,...
Et voici prêts pour les grandes manœuvres
Les champs d'or tondus militairement.

SEPTEMBRE

Pif! paf! poudre et plomb! chants de vignerons
Par les coteaux où, quelque peu noiraudes,
Les filles s'en vont, seins droits, et faraudes,
Consoler d'amour les chasseurs lurons.

Temps des flux de ventre aux gars non poltrons,
Mais qui trop mordront aux chairs-émeraudes,
De dame Pomone; O temps des maraudes !
En les vergers qui font psst ! aux larrons.

Septembre ! évohé !... du Bacchus antique
Mois évocateur anacréontique
Où l'homme d'Eglise — *alias* — gourmet :

(Clerc, abbé, chanoine ou prélat très digne)
Moins pour la pudeur que pour le fumet,
Ceint caille et perdreau de feuilles de vigne.

OCTOBRE

Des frissons de mort courent les halliers,
Secouant de peur les arbustes frêles,
Au parc les marrons tombent comme grêles,
Et les galopins s'en font des colliers.

Pillés, amaigris, sont les espaliers,
Qui semblent, aux murs, des vertèbres grêles,
Plus de chants d'oiseaux, et plus de bruits d'ailes
Parmi les buissons inhospitaliers.

Déjà par les champs, nus comme une arène,
La bruine tombe et, froide, enchifrène
Le vaillant Nemrod sitôt rebuté.

Et, là-bas, tel, en une cour de halle,
Un tas de ferraille à l'humidité :
Les Bois sont couverts de rouille automnale.

NOVEMBRE

Atchou !... C'est le mois propice aux brouillards,
Gare au coryza ! mes bons ! gare au rhume !
Si, tel un trapu charrieur de grume,
Vous n'êtes d'aplomb, dispos et gaillards.

La plaine est déserte, au loin, seuls, braillards,
On peut voir encore, amis de la brume,
Sur le fond d'un ciel, couleur de bitume,
En V voyager des corbeaux pillards.

C'est le mois où monte un cri de gavroche :
Chauds les marrons ! chauds ! ça brûle la poche !...
Tandis que, là-bas, tout au fond des bois :

Passe, au crépuscule épaissi qui tombe,
Une meute ardente, aux bruyants abois,
Forçant quelque cerf à trouver sa tombe.

DÉCEMBRE

En les bois transis, perclus, indigents,
Où palpite encore une feuille sèche,
Par les noirs taillis qu'enserre la dèche,
La bise du Nord lance ses agents ;

Ils vont, blancs frimas, loin d'être indulgents
Pour ceux qu'ici-bas l'infortune lèche,
Implanter l'aigu de leurs fers de flèche
Sur les oiselets et les pauvres gens.

O cruel Décembre ! O mois à l'étreinte
Horrible ! entends-tu la rumeur empreinte
Et de fols plaisirs et de crève-cœur ?

Entends-tu le riche et le pauvre hère
Entonner de pair, en un triste chœur :
Les chants de Noël et ceux de Misère ? ...

SOISSONS
IMPRIMERIE DU JOURNAL « LE SOISSONNAIS »
M DCCC XCVI

www.ingramcontent.com/pod-product-compliance
Ingram Content Group UK Ltd.
Pitfield, Milton Keynes, MK11 3LW, UK
UKHW020955220726
13924UKWH00002B/708